Rendez-vous sur lepetitlitteraire.fr et découvrez :

Plus de 1200 analyses
Claires et synthétiques
Téléchargeables en 30 secondes
À imprimer chez soi

AF306482

TOUS LES HOMMES N'HABITENT PAS LE MONDE DE LA MÊME FAÇON

UNE DÉAMBULATION MÉLANCOLIQUE ET DRÔLE ENTRE UN PRÉSENT CLOITRÉ ET UN PASSÉ HABITÉ

- **Genre :** roman
- **Édition de référence :** *Tous les hommes n'habitent pas le monde de la même façon*, Paris, Éditions de l'Olivier, 2019, 246 p.
- **1re édition :** 2019
- **Thématiques :** famille, amitié, fraternité, injustice, enfermement, récit d'une vie.

Incarcéré depuis neuf mois dans une prison provinciale de Montréal, Paul Hansen partage sa cellule avec Patrick Horton, un Hells Angels condamné pour meurtre. Pour résister à la violence de l'enfermement, Hansen s'évade en plongeant dans les souvenirs de son enfance, les évocations de sa famille, les visites imaginaires de ses chers disparus – sa compagne pilote, son père pasteur et sa chienne bienaimée. C'est en remontant le temps à son côté que nous apprendrons pourquoi cet ancien superintendant de la résidence de luxe *L'Excelsior*, dévoué corps et âme à l'immeuble-vaisseau et à ses occupants, purge une peine de prison. De Toulouse à Montréal en passant par les lacs québécois et la pointe la plus septentrionale du Danemark, *Tous les hommes n'habitent pas le monde de la même façon* nous entraine dans les méandres de l'âme humaine, tantôt douce et généreuse, tantôt cruelle et mesquine.

Porte-drapeau d'une littérature contemporaine mêlant le burlesque à une mélancolie désabusée, Jean-Paul Dubois dénonce ici, à travers le destin de son personnage principal, les injustices et les inégalités de la société moderne et du monde capitaliste.

JEAN-PAUL DUBOIS

ÉCRIVAIN FRANÇAIS

- **Né en 1950 à Toulouse.**
- **Quelques-unes de ses œuvres :**
  - *Parfois je ris tout seul* (1992), recueil de chroniques
  - *Une vie française* (2004), roman
  - *La succession* (2016), roman

Après des études de sociologie, Jean-Paul Dubois a longtemps travaillé comme grand reporter au Nouvel Observateur. Deux recueils de chroniques, *L'Amérique m'inquiète* et *Jusque-là tout allait bien en Amérique*, sont les fruits de sa collaboration avec l'hebdomadaire. Il est l'auteur d'une vingtaine de romans, parmi lesquels *Une vie française*, couronné du Prix Femina 2004. Plusieurs de ses ouvrages ont été adaptés au cinéma. Jean-Paul Dubois a reçu le prix Goncourt pour *Tous les hommes n'habitent pas le monde de la même façon* en 2019.

Teintée d'humour et de mélancolie, son œuvre est traversée de thèmes récurrents tels que le rôle de la famille dans la construction des individus, les relations humaines et amoureuses, la mort, la violence de la société moderne, la mémoire et le rapport au temps. Certaines constantes – les voitures, les tondeuses à gazon, le sport, les accidents, les prénoms des personnages principaux – apparaissent dans la plupart de ses romans, comme autant d'obsessions et de clins d'œil adressés au lecteur. Très discret sur la scène médiatique, Jean-Paul Dubois se dépeint comme un homme inquiet pour qui l'écriture n'est pas un acte naturel, mais qui a choisi le métier d'écrivain pour avoir le temps de vivre.

RÉSUMÉ

Le roman est divisé en onze chapitres dont les titres évoquent différents épisodes de la vie de Paul Hansen, le narrateur. Le passé et le présent s'y entremêlent.

AMBIANCE CARCÉRALE ET HISTOIRE FAMILIALE

Paul Hansen est incarcéré au pénitencier de Bordeaux dans la province de Montréal. Il partage sa cellule avec Patrick Horton, un Hells Angel au physique de mastodonte, soupçonné d'avoir participé au meurtre d'un autre biker. Contraints de vivre ensemble dans un espace réduit, les deux hommes affrontent la dureté de l'univers pénitentiaire – promiscuité, froid, fouilles, pitance infâme, bagarres. Patrick Horton se livre parfois à Paul. De son côté, Paul échappe au quotidien en convoquant silencieusement ses chers disparus.

Son voyage dans le temps le ramène jusqu'à sa petite enfance. Fils unique d'un pasteur danois et d'une gérante de cinéma, Paul nait à Toulouse en 1955. Son père, Johanes Hansen, originaire d'une petite ville du Jutland, est devenu pasteur après avoir vécu une épiphanie esthétique devant l'église de Skagen, à demi ensablée. La mère de Paul, Anna Margerit, a repris le cinéma de quartier exploité par ses parents. La famille mène une vie paisible jusqu'en 1968 où l'ambiance conjugale commence à se dégrader, comme contaminée par le climat insurrectionnel qui secoue le pays. L'été 1969, tous trois partent rendre visite à la branche danoise de la famille. Paul découvre la terre natale de son père et ressent pour elle un profond attachement.

De retour à Toulouse, les relations du couple Johanes-Anna se délitent inexorablement. Paul décroche son bac et s'inscrit à l'université. L'été de ses vingt ans, son monde bascule. Sa mère programme au Spargo *Gorge Profonde*, film pornographique américain au parfum de scandale. Les séances sont complètes, la nouvelle s'ébruite. Convoqué par les instances du presbytère, Johanes est suspendu de ses fonctions. On lui propose un nouveau poste : pasteur de la Methodist Church de Thetford Mines, petite ville du Québec. Anna lui rétorque sans s'émouvoir que les papiers du divorce sont prêts.

Quand Paul Hansen s'extirpe de ses souvenirs, la réalité carcérale le rattrape : c'est l'hiver à Montréal, les antiques chaudières peinent à réchauffer le lugubre bâtiment, son compagnon de cellule se débat avec sa phobie des dentistes et des rongeurs et Paul est vivement encouragé à participer à un « atelier de verbalisation » dans le but d'obtenir une remise de peine qu'il se refuse à demander, estimant avoir agi comme il le devait. Autant de bonnes raisons de se réfugier à nouveau dans le passé.

L'INSTALLATION OUTRE-ATLANTIQUE : UNE NOUVELLE PAGE À ÉCRIRE

Un an après le départ de son père au Canada, Paul décide de le rejoindre, blessé par l'indifférence de sa mère. Le jeune homme arrive à Thetford Mines, bourgade nichée entre les mines d'amiante et les lacs immenses. Son père semble heureux : il officie dans la petite église méthodiste et s'est lié d'amitié avec l'organiste virtuose de la paroisse. Paul loue un appartement et trouve un poste d'employé à tout faire dans une entreprise de construction. Sa vie est émaillée de rares liaisons amoureuses, de balades en canoë, de virées en voiture et de repas de fin de chantier. Au fil du temps, cependant, Paul remarque chez son père une certaine lassitude, un déclin de sa ferveur.

Entre deux flashbacks, Paul reçoit la visite au parloir de Kieran Read, l'un des copropriétaires de l'Excelsior, la résidence dont il a été le superintendant durant vingt-six années. Avant de prendre sa retraite, Kieran Read était *casualties adjuster*, c'est-à-dire qu'il évaluait le prix des morts pour le compte de compagnies d'assurance. Paul et lui aimaient bavarder après leur journée de travail. Depuis son arrestation, Kieran lui rend visite régulièrement et lui donne des nouvelles de l'Excelsior et de ses habitants.

Lors d'un nouveau retour en arrière après le visionnage d'un match de hockey à la prison, Paul se remémore la déchéance de son père, devenu parieur et joueur compulsif après avoir accompagné son fils à une course hippique. Johanes vide ses économies, néglige ses offices et pioche dans le budget de l'église. Ayant découvert ses agissements, les autorités presbytériennes lui ordonnent de rembourser l'argent avant de lui annoncer sa mise à pied. Le 14 mars 1982, Johanes Hansen conclut sa dernière prédication par une phrase simple qu'il tient de son père : « Tous les hommes n'habitent pas le monde de la même façon ». Puis il s'effondre sur son pupitre, foudroyé par une crise cardiaque.

Paul quitte alors son emploi et s'installe à Montréal où il obtient la nationalité canadienne. Après plusieurs petits boulots, il rentre comme concierge à L'Excelsior, luxueuse résidence de soixante-huit appartements où les missions de bricolage et d'entretien l'occupent à plein temps. Paul gagne peu à peu la confiance et l'amitié de plusieurs résidents. En 1991, le compagnon suisse de sa mère l'appelle en pleine nuit pour lui annoncer que celle-ci s'est suicidée.

En prison, Patrick demande à Paul de lui couper les cheveux en précisant qu'il n'a jamais supporté les coiffeurs. La tentative se solde par un échec. Un membre du ministère de la Justice visite l'établissement pénitentiaire et entend les doléances virulentes de Patrick.

Paul continue sa déambulation mémorielle. Il a quarante ans lorsqu'il rencontre, grâce à Noël Alexandre – le président de l'assemblée des copropriétaires de l'Excelsior –, celle qui deviendra la femme de sa vie : Winona Mapachee, pilote d'hydravion d'origine irlandaise et indienne algonquine. S'ensuivent onze années de bonheur tandis que dans l'immeuble, les appartements se vident de leurs habitants, décédés ou trop âgés pour vivre seuls.

LA DESCENTE VERS LES TÉNÈBRES, PUIS UNE LUEUR

Cloitré dans sa cellule, Paul se souvient encore. Victime d'un malaise au bord de la piscine, Noël Alexandre est hospitalisé puis renvoyé chez lui où il vit ses derniers jours, soutenu par Paul. C'est la fin du millénaire et celui-ci pressent qu'une autre époque s'annonce, « moins noble, moins douce ». Un nouvel administrateur est élu, Édouard Sedgwick, bien décidé à privilégier la rentabilité. Malmené par cet homme autoritaire et insensible, Paul fuit l'ambiance irrespirable de la résidence en admirant la nature à bord du Beaver, l'hydravion piloté par Winona, en compagnie de leur chienne Nouk.

Les souvenirs continuent d'affluer. À la fin de l'année 2002, une pluie d'ennuis s'abat sur l'Excelsior : panne d'électricité, problèmes techniques, décès de locataires âgés. Jusqu'au drame : un maçon venu colmater la façade tombe de l'échafaudage et meurt dans le jardin de l'immeuble. Catastrophé, Paul lui tient la main jusqu'au bout, s'attirant les foudres d'Édouard Sedgwick qui l'accable de reproches.

Derrière les barreaux, Patrick se réjouit : accédant à sa demande, le directeur lui remet le dernier catalogue Harley-Davidson et Paul parvient enfin à lui couper les cheveux.

Nouveau bond en arrière, Noël 2005 : Paul, Winona et Nouk s'accordent une semaine de vacances dans le nord du Québec. Une escapade de rêve entre promenades dans les bois enneigés, conversations au coin du feu et survol des lacs glacés.

L'ambiance ne s'améliore pas dans l'immeuble. Mais cela n'est rien à côté du malheur qui frappe Paul au mois d'aout 2006 : partie déposer un groupe de pêcheurs au bord d'un lac, Winona ne rentre pas. L'épave de son avion est retrouvée, ainsi que son corps sans vie. Paul est dévasté par le chagrin. Seule la présence de Nouk parvient à atténuer un peu sa peine.

En 2007 et contre toute attente, c'est le travail qui l'aide à remonter doucement la pente. Vient enfin l'été 2008, caniculaire. Une nuit, n'y tenant plus, Paul décide d'aller se baigner dans la piscine qu'il entretient méticuleusement depuis des années. Il rafraichit sa chienne en la trempant dans le pédiluve. La sanction tombe : pour Sedgwick, Paul a commis une faute professionnelle grave et doit être licencié. Paul continue de travailler en remplissant ses cartons. Alors qu'il tond le gazon, Sedgwick s'avance vers lui, furibond. Nouk est allongée dans le jardin et l'administrateur ne le tolère pas. Lorsqu'il braille : « Foutez-moi ce putain d'animal dehors ! », Paul voit rouge. Il se précipite sur l'homme, le frappe, le mord au sang et bascule avec lui dans la piscine.

Quelques jours après l'incident, Paul est conduit en prison. Lorsqu'il apprend plus tard la mort de sa chienne, Paul fond en larmes devant Patrick Horton qui le console maladroitement.

À sa sortie de prison, Paul s'installe provisoirement chez Kieran Read. Complices, les deux amis savourent un long bain dans la piscine de la résidence sous l'œil haineux d'Édouard Sedgwick. Avant de quitter Montréal, Paul rend un dernier hommage à son père dans un casino et envoie un colis de livres Harley-Davidson à son ancien codétenu. Puis, accompagné des cendres de sa chienne, il s'envole pour le Danemark. Direction Skagen, la terre de ses aïeux.

ÉTUDE DES PERSONNAGES

DANS LA FAMILLE HANSEN...

Paul Hansen, le fils narrateur

Né à Toulouse le 20 février 1955, Paul Christian Frederic Hansen est le narrateur de l'histoire. Fils unique, c'est un enfant discret et obéissant, un élève moyen qui obtient son baccalauréat non sans mal à l'âge de dix-huit ans. Il se décrit lui-même comme un « demi-blond, un jeune mulâtre » constamment tiraillé entre les deux cultures, les deux personnalités opposées de ses parents. Il voue un amour profond et sincère, un attachement viscéral à son père. Sa mère lui inspire des sentiments plus mitigés : s'il admire sa beauté, sa liberté d'esprit et son engagement politique, il souffre de son indifférence et avoue n'avoir jamais réussi à la comprendre.

Adulte, Paul est un homme discret et bienveillant. Curieux de nature, habile de ses mains, il s'intéresse à tout et manifeste un gout certain pour la mécanique – celle des voitures et des engins, celle des immeubles, celle des âmes. Dans son travail de surintendant, il est consciencieux, soucieux de bien faire, attentif au confort des résidents. Altruiste, serviable sans être servile, il tient de son père une patience et une placidité qui l'aident à encaisser les coups bas. C'est un homme fidèle et loyal qui s'épanouit auprès des personnes qu'il aime et sait se contenter de petits bonheurs simples. Le spectacle de la nature, des lacs immenses et des grands espaces lui offre une échappatoire salvatrice quand les problèmes s'amoncèlent dans sa vie professionnelle. Lorsque, poussé à bout, il craque et cède à la violence, il reste droit dans ses bottes, déterminé à purger sa peine sans manifester le moindre regret.

Il hait la compétition, le libéralisme à tout crin, l'autoritarisme et l'injustice de la société moderne. Il porte sur le monde un regard intrigué et désabusé, teinté d'humour caustique. D'une grande sensibilité, il supporte sans broncher les humeurs et les lubies de son codétenu, pleure en repensant à la mort de sa chienne et connait l'importance du sentiment d'appartenance, de ses racines familiales et géographiques qu'il part découvrir à la fin du roman.

Johanes Hansen, le père pasteur

Originaire du Jutland, une région située à la pointe la plus au nord du Danemark, Johanes Hansen est un homme « de grande stature, avec des cheveux blonds et un regard bleu transparent empreint de bienveillance et de douceur. » Issu d'une famille de pêcheurs, Johanes sent l'appel de Dieu à l'âge de douze ans. Animé par une foi profonde, il tombe amoureux d'une Française et fonde avec elle une famille qu'il entoure de son amour et de sa tendresse. C'est un mari et un père mesuré et attentionné. Il tisse des liens très forts, indéfectibles, avec son fils unique. Malgré tous ses efforts, son couple ne résiste pas au souffle de liberté et de révolte qui parcourt la France et électrise sa femme. Meurtri par l'entêtement et l'indifférence de celle-ci, incapable de comprendre son pays d'adoption dont il maitrise pourtant parfaitement la langue, il prend une décision radicale en acceptant le poste de pasteur qu'on lui propose au Québec. Là-bas, il se complait dans une routine rassurante au sein d'une communauté bienveillante qui apprécie le style unique de ses prédications. Johanes est un homme d'église à la foi mélancolique, parfois désenchantée.

En dehors de la religion, quelques passions plus prosaïques animent l'homme du Jutland. Les voitures, pour commencer. Puis le jeu, une addiction qui signera indirectement son arrêt de mort. Lors de sa dernière prédication, il reconnait ses fautes, confie sa foi chancelante et demande à ses fidèles de garder à l'esprit cette phrase toute simple avant de juger et de condamner : « Tous les hommes n'habitent pas le monde de la même façon. »

Anna Margerit, l'épouse libre et la mère énigmatique

Paul décrit sa mère comme une femme « très moderne, combative et d'une spectaculaire beauté ». Fille d'exploitants d'un petit cinéma toulousain, Anna Margerit a vingt-cinq ans lorsqu'elle donne naissance à son fils unique. Elle a repris la gestion de la salle obscure labellisée « art et essai » et s'investit avec ferveur dans le bon fonctionnement du Spargo. Son métier la passionne, elle en connait tous les rouages et apprécie particulièrement les coulisses, le processus de fabrication d'un film. Militante communiste, elle organise dans sa salle de cinéma au printemps 1968 des débats animés par des groupuscules révolutionnaires et y emmène son fils de treize ans.

Réfractaire au culte religieux, elle ne s'intéresse ni au travail ni à la foi de son mari, confiant un jour à son fils qu'elle a épousé Johanes pour sa beauté. Totalement absorbée par ses activités professionnelles et ses engagements politiques, elle prend des décisions en femme libre sans se soucier un instant des répercussions que celles-ci pourront avoir sur sa vie conjugale. Aux yeux de son fils qu'elle néglige de plus en plus, elle demeure une énigme. En effet, lorsqu'Anna met fin à ses jours en avalant des médicaments, Paul se pose une multitude de questions : sa mère était-elle malade ou triste ou trop seule ? Était-elle malheureuse avec son nouveau compagnon suisse ? Venait-elle l'embrasser la nuit quand il était bébé ? Une certitude demeure : Anna était une femme dotée d'une intelligence extraordinaire, habitée par une énergie inextinguible et une détermination farouche qui l'auront peut-être détruite.

LA FAMILLE DE CŒUR

Winona Mapachee, le grand amour

Indienne algonquine par son père, Irlandaise par sa mère, Winona est une femme joyeuse, heureuse de vivre, loyale et sincère. Proche de la nature, elle brave habilement le danger aux commandes de Beaver, son petit hydravion. Son physique reflète la dualité de ses origines : chevelure cuivrée et yeux clairs, mais carnation, traits du visage et fermeté du regard typiquement indiens. Winona profite pleinement de la vie, consciente de sa fugacité. Elle aime simplement, sait se montrer tendre et joueuse, attentive aux autres, hommes et animaux confondus. Elle soutient

Paul lorsque celui-ci subit les attaques de son nouveau patron. Paul la dépeint comme une femme exceptionnelle, capable d'aimer, de réfléchir, d'analyser, de comprendre ce monde au premier regard.

Nouk, le merveilleux animal

Recueillie par Winona, Nouk est une petite chienne blanche affectueuse, curieuse de découvrir et d'apprendre, attentive aux peines de ses maitres. Elle devient vite partie intégrante de la vie du couple qui l'emmène partout, elle console Paul au décès de Winona et l'aide à surmonter sa tristesse en lui rendant des visites imaginaires tout au long de son incarcération.

Patrick Horton, l'homme et demi

Codétenu de Paul, qui le décrit comme « un homme et demi » tant il est imposant physiquement, Patrick Horton est une force de la nature, un Hells Angel tatoué et intimidant. De nombreuses phobies torturent ce passionné de Harley-Davidson : peur du dentiste, des rongeurs, du coiffeur. Pour lui, le monde se divise en deux catégories d'individus bien distincts : ceux qui connaissent et apprécient le vrombissement des Harley-Davidson et ceux, beaucoup plus nombreux, qui méritent d'être « ouverts en deux ». Derrière ce colosse imprévisible au franc-parler brutal se cache un grand sensible qui passe des heures à décalquer et colorier des motos, redoute les visites de sa mère au parloir et souffre encore de l'attitude de son père professeur qui préférait s'occuper des enfants des autres et le battait dans sa chambre pour des broutilles, encouragé par le silence maternel. Malgré ses fêlures, Patrick est un être généreux et touchant, un compagnon de cellule attachant.

Kieran Read, le soutien fidèle

Kieran Read, Québécois d'origine anglaise, est l'un des plus anciens résidents de l'Excelsior. Célibataire, c'est un homme discret qui n'a noué aucune relation durable avec les autres occupants de l'immeuble, attirant la méfiance de certains. Moralement éprouvé par son métier de *casualties adjuster,* il trouve du réconfort auprès de Paul et de Winona à qui il confie ses histoires professionnelles aussi invraisemblables que douloureuses. Au nom de leur amitié, il n'hésite pas à prendre la défense de Paul lorsque celui-ci est malmené par le nouvel administrateur. C'est également lui qui aidera Paul à savourer sa revanche quand il sortira de prison.

Édouard Sedgwick, l'ennemi à abattre

Fourbe cauteleux, chacal sournois : tels sont les termes utilisés par Paul Hansen pour décrire le nouveau président administrateur de l'Excelsior, élu à ce poste peu de temps après son installation dans la résidence avec son épouse. En prenant les commandes de l'immeuble, Sedgwick n'a qu'une préoccupation en tête, qu'un mot à la bouche : rentabilité. Aux yeux de cet homme manipulateur et arrogant, Paul est trop dispendieux, trop proche des occupants de l'immeuble. Trop humain, en somme. Sans pitié, Sedgwick n'aura de cesse d'étriller le surintendant, le poussant à commettre l'irréparable. Son rôle est essentiel puisque c'est à cause de lui que Paul se retrouve en prison, et donc se raconte. Aux yeux de ce dernier, Sedgwick est l'incarnation de la dérive capitaliste déshumanisée.

CLÉS DE LECTURE

UN ROMAN DE L'ENFERMEMENT

Tous les hommes n'habitent pas le monde de la même façon s'inscrit dans la tradition des romans dits d'enfermement. Ces récits ont pour décor un univers clos : prison, hôpital psychiatrique, couvent ou même simple chambre. Pour échapper à une claustration forcée ou volontaire, le personnage plonge dans ses souvenirs, se livre à une introspection, dénonce les conditions de son enfermement, se projette dans un monde imaginaire. Les littératures française et étrangère regorgent de reclus célèbres : Edmond Dantès dans *Le Comte de Monte-Cristo* d'Alexandre Dumas (1844-1846), Julien Sorel dans *Le Rouge et le noir* (1830), les personnages de *Souvenirs de la maison des morts* de Fiodor Dostoïesvski (1862), ainsi que le roman autobiographique d'E.E. Cummings, *L'Énorme Chambrée* (1922).

Survivre par la mémoire

Même s'il partage sa cellule avec un autre détenu qui occupe une place importante, au sens propre comme au figuré, et qu'il n'est donc jamais confronté à une solitude extrême, Paul Hansen parvient à s'évader de cette réalité brutale en plongeant dans sa mémoire. Pour décrire ce style d'incursion dans le passé, déambulation souvent teintée de nostalgie, les Anglo-Saxons emploient une expression imagée pleine de poésie : « se promener sur le chemin de la mémoire » (*to take a walk down memory lane*).

Paul Hansen déroule l'histoire de sa vie de façon souvent très factuelle, à partir de sa naissance : « Je suis né à Toulouse, le 20 février 1955, aux alentours de 22 heures, à la clinique des Teinturiers » (p. 27), avant d'évoquer ses parents et leur famille respective. Les dates et les lieux rythment ce retour aux sources : « En ce mois d'avril 1960 à Toulouse » (p. 31), « 1958 fut une bonne année pour *Le Spargo* » (p. 34), « Le 27 aout 1975 reste donc pour moi une date inoubliable » (p. 73), « C'est à Paris, en 1975, l'année où mon père s'installa dans les boyaux de Thetford Mines, qu'éclata le scandale dit de l'amiante à la faculté de Jussieu » (p. 83), et continuent d'émailler cette lente remontée temporelle en apnée : « L'hiver 2008 fut sans doute l'un des plus neigeux de l'histoire de ce pays ».

Toujours pour tenter d'échapper à sa vie encagée, le narrateur se livre à de constants va-et-vient entre l'intime et les faits d'actualité qui ont marqué son existence, qu'ils soient historiques – les évènements de mai 1968, le refus de l'indépendance du Québec lors du référendum de 1980 – ou de nature plus anecdotique – scandale à la sortie du film *Gorge Profonde* en 1975, affrontements de bandes de bikers au Québec. Il dépeint minutieusement les décors du dehors – le Jutland au Danemark, le paysage crevassé de Thetford Mines, les grands lacs québécois –, décrit méthodiquement les engins, l'orgue de l'église, ses efforts pour entretenir correctement la piscine de l'Excel-sior, comme dans une volonté de se noyer dans les détails pour faire passer le temps.

« Il m'arrive parfois de fermer les yeux et d'essayer de reconstituer ces promenades du soir dans le jardin d'Éden, mais à chaque tentative des voix sauvages jaillissant des couloirs et des cellules font s'écrouler la patiente et fragile reconstruction qu'essayait d'opérer ma mémoire » (p. 40).

Dénoncer les injustices

Cloitré entre quatre murs, l'esprit vacille ou se révolte. Celui de Paul Hansen emprunte la deuxième voie. Portant depuis longtemps un regard lucide, non dénué de cynisme, sur le monde moderne, les hommes politiques corrompus, le système capitaliste synonyme de machine à broyer, Hansen profite de sa détention pour dresser un état des lieux de la prison où il est incarcéré et, par extension, du système pénitentiaire. Les données objectives – vétusté des bâtiments, surpopulation, chauffage défaillant, nourriture infecte – côtoient les sensations et les réflexions personnelles : « Je suis totalement prisonnier. Enfermé. Cet endroit me possède et chaque jour m'écorche » (p. 191).

Paul n'est pas le seul à fuir l'enfermement en stimulant son cerveau pour mieux s'insurger. Patrick Horton, son compagnon de cellule, profite d'une visite d'un représentant du ministère de la Justice pour rédiger consciencieusement une liste de doléances, puis prononce une virulente diatribe sur les conditions de détention endurées par les prisonniers : « Je sais pas où vous habitez vous, mais est-ce que vous pourriez vivre ici, dans cette boite minuscule, vingt-quatre heures sur vingt-quatre avec un type que vous aviez jamais vu avant d'arriver ? Manger et dormir tous les soirs avec lui ? Vous pourriez chier devant lui ? Parce que c'est comme ça que ça s'appelle » (p. 158).

Comme Julien Sorel dans *Le Rouge et le noir*, les deux détenus prennent conscience du poids des injustices et trouvent dans l'isolement un moyen de s'en distancer, de relativiser. Sorel s'émerveille par exemple de la vue magnifique que lui offre sa cellule tandis que Paul Hansen remarque : « L'été, en me plaçant dans l'angle de la fenêtre de gauche, je pouvais apercevoir les eaux de la rivière des Prairies filant à toute vitesse vers l'ile Bourdon, l'ile Bonfoin et le fleuve Saint-Laurent qui les accueillait et les ensevelissait à la fois » (p. 16).

Stimuler son imagination

Se souvenir, s'insurger, d'accord. Mais lorsque cela ne suffit plus, la créativité et l'imaginaire restent un puissant moteur de survie pour des personnages emprisonnés.

Paul, lui, savoure avec bonheur les visites oniriques de ses chers disparus : « ... il arrivait que, vers ces heures-ci, Winona, Johanes ou encore Nouk viennent me visiter. Ils entraient et je les voyais aussi distinctement [...] Et ils me parlaient, et ils étaient là, au plus près de moi » (p. 16). Ces conversations fictives l'aident à surmonter l'épreuve de l'enfermement, à lutter contre le désespoir.

Quant à Patrick, il passe de longues heures à dessiner des motos et à feuilleter son catalogue Harley-Davidson, s'imaginant probablement en train de chevaucher un de ces puissants engins, le visage caressé par le vent, enfin libre.

UN ROMAN DE LA FRATERNITÉ

Privé des êtres qu'il aimait le plus au monde – son père, sa femme Winona, sa chienne Nouk –, Paul Hansen se retrouve seul dans un lieu étranger et hostile.

Fraternité entre détenus

Contre toute attente, Paul tisse au fil des jours des liens d'amitié avec son compagnon de cellule, un homme qui ne lui ressemble en rien. Dans un univers où la violence tant physique que morale est omniprésente, où des bagarres éclatent quotidiennement, où la mort se faufile dans les couloirs, la solidarité et l'amitié sont des valeurs rares et précieuses. Très vite, et au-delà de la promiscuité forcée, parfois gênante, les deux hommes se rapprochent, se font des confidences, s'entraident et se soutiennent. Ils font bloc contre l'adversaire : les gardiens qui fouillent leur cellule de fond en comble, les psys qu'il faut caresser dans le sens du poil si l'on veut avoir une chance d'obtenir une remise de peine, les autres détenus.

Hommes entre eux

L'amitié, et plus particulièrement l'amitié masculine, occupe une place essentielle dans l'œuvre de Jean-Paul Dubois. Paru en 2007, son roman *Hommes entre eux* est l'histoire d'une amitié improbable entre Paul Hasselbank et Floyd Paterson, née dans le huis clos d'une maison isolée par le blizzard. Là encore, deux hommes que tout semble opposer, cloitrés dans une autre sorte de prison.

Dans *Tous les hommes n'habitent pas le monde de la même façon*, le narrateur est à l'image de son père : serviable, dévoué, à l'écoute de son prochain. Dotés d'une bonhommie naturelle, le père et le fils se font facilement des amis. À Thetford Mines, Johanes Hansen peut compter sur la présence chaleureuse de Gérard LeBlond, l'organiste de génie. Quant à Paul, il s'attire les bonnes grâces de Pierre DuLaurier, son premier employeur canadien. Une vraie complicité nait entre le patron et l'employé. Le jour du départ de Paul, Pierre DuLaurier lui offre un cadeau prémonitoire, accompagné d'une petite phrase pleine de bienveillance : « Je ne sais pas ce que tu vas devenir, mais avec ça et ce que tu as appris avec nous, tu as de quoi gagner ta vie et te sortir des ennuis. Bonne chance, fils » (p. 139). Puis, à l'Excelsior, Paul sympathise avec Noël Alexandre et noue une amitié mâtinée de confiance et de respect mutuels avec Kieran Read qui tente de le réconforter à la mort de Winona, le soutient pendant toute la durée de sa peine puis à sa sortie de prison, en acceptant de l'aider à prendre sa revanche.

L'importance de ces liens d'amitié masculine est exacerbée par la présence écrasante et menaçante d'Édouard Sedgwick, loup dans la bergerie. Comme pour rappeler que les hommes entre eux instaurent souvent des rapports de rivalité incompatibles avec une amitié sincère. Mais pas toujours...

LA NARRATION À LA PREMIÈRE PERSONNE : UN GENRE LITTÉRAIRE

Le récit à la première personne est une technique littéraire qui consiste à faire raconter une histoire par un ou plusieurs personnages. L'emploi de la première personne du singulier ou du pluriel en est l'outil grammatical. Il se distingue de l'autobiographie, de l'autofiction et du roman autobiographique.

Dans les méandres d'un esprit

La narration à la première personne présente le récit à travers le point de vue d'un personnage particulier. Le lecteur se glisse ainsi dans la peau et le cerveau du narrateur, vivant au plus près ses aventures, suivant le cheminement de sa pensée, éprouvant ses sentiments.

Très à la mode au 18e siècle, les récits de ce genre peuvent revêtir la forme d'une correspondance (*Les liaisons dangereuses* de Pierre Choderlos de Laclos, 1782), de mémoires (*La Religieuse* de Denis Diderot, 1796) ou d'un journal intime, fictif ou réel, relatant au jour le jour les évènements vécus par le narrateur. Ils sont souvent propices à l'introspection, aux états d'âme. Le personnage principal peut être attachant, comme c'est le cas ici avec Paul Hansen. Mais il peut aussi susciter chez le lecteur un certain malaise, voire une vive répulsion, comme le tueur en série Patrick Bateman dans le roman *American Psycho* de Bret Easton Ellis.

Une interprétation subjective

Nous en avons tous fait l'expérience dans la vraie vie : un même évènement est perçu, ressenti, interprété différemment selon la sensibilité de la personne qui le vit. Il sera par conséquent raconté différemment. Dans un récit à la première personne, le narrateur est un filtre. C'est lui qui compose la partition, sélectionne les épisodes, éclaire les situations. La psychologie des autres personnages est présentée à travers son regard, au risque de n'en retenir que certains aspects qui accommodent le principal protagoniste. Dès lors, le lecteur fait confiance au narrateur... ou tente de lire entre les lignes afin de deviner les biais du récit, les non-dits habilement glissés par l'auteur.

Dans *Tous les hommes n'habitent pas le monde de la même façon*, Jean-Paul Dubois a choisi de raconter une histoire par l'intermédiaire d'un seul homme, Paul Hansen, à la fois fils, époux (à la mode amérindienne), employé, ami et codétenu. Ces différents rôles lui permettent de déployer les multiples facettes de sa personnalité : tantôt admiratif et perplexe vis-à-vis de sa mère, aimant et protecteur avec son père, tendre et attentionné avec sa femme, drôle et incisif avec ses amis, patient avec son codétenu, à la fois imperturbable et méprisant puis violent avec Sedgwick, cet homme d'une nature apparemment joviale et mesurée dévoile la complexité de son tempérament au fil des pages et de ses tribulations, inspirant au lecteur une multitude d'émotions.

Parallèlement à cette exploration en profondeur de la psychologie du narrateur, les autres personnages ne prennent vie qu'à travers la perception qu'en a ce dernier, à travers ses interactions et ses relations avec eux. Là encore, même si Paul semble être quelqu'un d'honnête, portant sur le monde et ses congénères un regard clairvoyant, le lecteur est pour ainsi dire forcé de lui faire confiance.

Jean-Paul Dubois utilise ce procédé littéraire, la narration à la première personne, dans plusieurs de ses romans : *Une vie française* (2004), *Le cas Sneijder* (2011), *La succession* (2016).

Notons qu'il existe une forme plus rare de récit à la première personne dans lequel un narrateur omniscient connait tout des autres personnages, leurs pensées et leurs sentiments, et voit tous leurs faits et gestes.

PISTES DE RÉFLEXION

QUELQUES QUESTIONS POUR APPROFONDIR SA RÉFLEXION...

- Est-ce un hasard si les deux compagnons de cellule, Paul Hansen et Patrick Horton, partagent les mêmes initiales : PH ? Peut-on imaginer qu'il s'agit là d'un clin d'œil de l'auteur, d'une allusion à un double fantasmé ?

- On croise beaucoup de Paul et de Anna dans l'œuvre de Jean-Paul Dubois. Parmi les auteurs français contemporains, Philippe Djian donne souvent à ses personnages des prénoms récurrents. On trouve ainsi des Édith, des Marc et des Patrick dans les pages de ses romans. À votre avis, que signifie cette manie chez ces écrivains ?

- Dans *Tous les hommes n'habitent pas le monde de la même façon*, les grands espaces sauvages forment un contraste saisissant avec la cellule exigüe du narrateur. Pouvez-vous citer d'autres œuvres où cette opposition est marquante ?

- « Il neige depuis une semaine. Près de la fenêtre je regarde la nuit et j'écoute le froid. Ici il fait du bruit. » Dans les premières phrases du roman, le narrateur plante le décor, évoque ses sensations. Cet incipit vous en rappelle-t-il d'autres ? Amusez-vous à comparer leur forme, leur rythme, l'effet produit chez le lecteur.

- Certains passages du roman livrent des explications extrêmement détaillées et documentées sur le fonctionnement d'un appareil, l'entretien d'une piscine, le moteur d'une voiture. Que pensez-vous du travail de recherches effectué par l'auteur ?

- Winona Mapachee, la femme du narrateur, est indienne par son père. Quelques pages sont consacrées à l'histoire de ses ancêtres, aux traditions amérindiennes. Paul est danois par son père. Existe-t-il, selon vous, une part de déterminisme lié aux origines ? Le cas échéant, de quelle manière les origines familiales de ces deux personnages ont-elles influencé leur caractère, leur existence ?

- *L'Amérique m'inquiète* et *Jusque-là tout allait bien en Amérique* compilent les articles écrits par Jean-Paul Dubois tout au long de sa collaboration avec Le Nouvel Observateur. L'une de ses chroniques était consacrée à un homme exerçant le surprenant métier de Kieran Reed, le *casualties adjuster* chargé d'évaluer le prix des morts. Pourquoi, selon vous, l'auteur a-t-il souhaité exhumer ce personnage pour le replacer dans ce roman ?

- L'amitié masculine est un des ressorts du roman. Forte, franche, fondée sur la confiance, le respect et l'entraide. Pourriez-vous citer quelques œuvres (littéraires, cinématographiques) où l'amitié entre hommes, au lieu d'être réconfortante, s'avère délétère ?

POUR ALLER PLUS LOIN

ÉDITION DE RÉFÉRENCE

- Dubois J.-P., *Tous les hommes n'habitent pas le monde de la même façon*, Paris, Éditions de l'Olivier, 2019.

ÉTUDES DE RÉFÉRENCE

- Devarrieux C., « Jean-Paul Dubois, un Goncourt de constance » (2019), in *www.liberation.fr*, consulté le 09/09/2021. URL : https://www.liberation.fr/livres/2019/11/04/jean-paul-dubois-un-goncourt-de-constance_1761487/.

- Petit P. et Titti N., « Enfermés comme nous, les héros littéraires » (2020), in *www.franceculture.fr*, consulté le 09/09/2021. URL : https://www.franceculture.fr/litterature/lenfermement-dans-la-litterature.

- Demors R., *Le roman à la première personne : du Classicisme aux Lumières*, Droz, 2002.

- Nombreuses publications parues dans la presse, interviews ou articles de fond, à la suite de la remise du Prix Goncourt à Jean-Paul Dubois pour ce roman.

Votre avis nous intéresse !
Laissez un commentaire sur le site de votre librairie en ligne
et partagez vos coups de cœur sur les réseaux sociaux !

lePetitLittéraire.fr

- un résumé complet de l'intrigue ;
- une étude des personnages principaux ;
- une analyse des thématiques principales ;
- une dizaine de pistes de réflexion.

**Retrouvez
notre offre complète sur
lePetitLittéraire.fr**

www.lepetitlitteraire.fr

ISBN version numérique : 9782808023252
ISBN version papier : 9782808023269
Dépôt légal : D/2021/12603/3

Conception numérique : Primento,
le partenaire numérique des éditeurs.